ポジティブ・ショート

どんなこともケロッと

文　：やましたゆうこ
イラスト：やましたようこ

吉備人出版

ポジティブ・ショート

どんなこともケロッと

文　：やましたゆうこ
イラスト：やましたようこ

1 ケロ、私自身

包丁キラリ …… 10

Mに逢いたい大作戦 …… 14

ホラーアパート …… 18

これが私の走る道 …… 22

決意表明 …… 26

マイボウル・マイシューズ …… 28

カエル屋敷にようこそ …… 30

大学芋がおいしい …… 34

カエルの湖? …… 38

うつわの会 …… 40

2 ケロの家族

おむすびころりん …………………… 44

謎の訪問者 …………………… 48

北京ダックや、これいかに …………………… 50

夏の思い出 …………………… 52

究極の味・思い出の味 …………………… 54

道後温泉2002 …………………… 56

黒川温泉2003 …………………… 58

賞味期限にご用心 …………………… 62

ちいさなトラウマ …………………… 66

ペット達の行方 …………………… 68

私のアイドル …………………… 72

3 ケロの友達

シアワセの形 …………………………… 76

ケアンズ2001 …………………………… 80

華麗なる共演 …………………………… 82

真冬の卓球大会 ………………………… 84

ハワイ2000 ……………………………… 88

ちょっと回り道 ………………………… 90

不良主婦になりたくて ………………… 94

DREAMS ……………………………… 98

デザイン:小郷恵子

登場人物プロフィル

父

船乗り、パン職人、漁師、…いろんな仕事をやってきたが、今は島で漁師料理の店を営んでいる。ちょっと目を離すと何かしら新しいことをやり始めているので、家族は「また始まったで」とぼやきながら、実は興味津々である。

ケロ

基本的に普通の会社員。たまに漁師料理「漁火」の看板娘。趣味はナオミ先生のバレエ教室に通うことと、ジャズバー「幌馬車」で歌うこと。好きな四文字熟語は「大器晩成」。

母

料理が上手。クロスワードパズルやクイズを解きだしたら、正解がわかるまではたとえ何日かかってもあきらめない。懸賞に応募するのがひそかな楽しみ。

妹

どんな時でもそばにいるとホッとして和む。湯タンポみたいな妹。絵がうまいのでケロがスカウト。この本のイラストは頭を抱えながらも全部描いてくれた。

義弟

かわいい義弟。今はペット（金魚）に夢中。

トメばあちゃん

母方の祖母。てっきり末っ子で名前が「トメ」だと思っていたら、実は3人姉妹の次女だった。長女は107歳でこの世を去り、三女は101歳で記録更新中。次女のトメばあちゃんは100歳で亡くなったため「若くして亡くなった」と惜しまれている。

姉

今回出番はないが、実はいちばん面白い。我が家の秘密兵器。

甥

姪

ハルコ

学校の先生をしていた両親の元、清く正しく育てられた。小学生の頃から30年間、同じ「歯医者」と「美容院」に通っている。歯医者はもうろくしてきたのでやっと他へ乗り換えたが、美容院は相変わらず。だからハルコの髪型は小学生の頃と全く変わらない。

1

ケロ、私自身

【包丁キラリ】

それは師走のことだった。
私の勤める小さな郵便局は、
古ぼけた窓から正午の日差しがたっぷり降り注ぎ、
眠たげな空気に満ちていた。
私はカウンターの内側に座り、アクビを噛み殺しながら、
時々来るお客の対応をしていた。

外は冷えるのだろう、皆一様に頬を赤くして入ってくる。
私は気の抜けた調子で「○○さ～ん」と顔なじみのおばあちゃんを呼び、
貯金通帳から引き出したお金を差し出した。
そして、次の通帳を手に持った時、
ふいに後ろから肩をポンと軽く叩かれた。

やおら振り返ると、
目だし帽を被って軍手をした男がこじんまりと立っている。
誰だったかなぁ…。律儀に思い出そうとしたが、
そんな格好で仕事中に裏口から訪ねてくる人は思い当たらない。

その時、男の左手が動いて、
あっという間に私は肩を押さえられた。
首をひねって見ると
右手には刃渡り30センチの出刃包丁が握られている。
（強盗だっ！）キラリと光るその刃を見て、私は動けなくなった。

ある晴れた日ー。
ゆうびんきょく
強盗にあいました。
フフフ
逃げられたけどー
なんかスゴイ経験したみたい。
ケロさんこっちむいてー
ドキドキ
どんな状況だったんですかー？
後日、犯人も捕まりました♡
郵便局強盗
犯人は詐欺男
ピースする犯人(37)
ケロさん
エヘ
スクラップ中

「金を出せっ」お決まりの文句を少し間の抜けた声で言うと、
目だし男は私を羽交い締めにしたまま、
目の前にあったお金を鷲づかみにし、
持参の紙袋にねじ込んだ。
男が裏口から逃げて行くまで、
たった30秒ぐらいの出来事だったろう。
後ろに座っていた他の職員は「キャーー!」と叫び、
目の前に立っていたお客は口をポカンと開けていた。

やっと頭に血が巡り始めた私は、カウンターの端からロビーに回り、
出入り口に置いてある赤いカラーボウル
(ぶつけるとペンキが飛び出す防犯グッズ)
をひとつ握って、外へ出た。

裏口に駆け出すと、
さっきの男が白い軽ワゴン車に飛び乗り、走り出したところだった。
(逃げられたっ)届きそうにはないけれど、
持ち出した責任上、カラーボウルを力いっぱい投げてみる。
しかし、ボウルは思いもよらず手前の地面に激突して弾け、
蛍光色のペンキが辺り一面に飛び散っただけだった。

誰かが押した非常ベルに緊急出動したパトカーが、
サイレンを鳴らしてどんどん近づいてくる。
1台かと思えば3台、いや、すごい数のパトカーに警官。
そうこうするうちにテレビカメラや取材の記者もやって来て、
郵便局の周辺は私を中心に騒然とした雰囲気に包まれた。

翌日、犯人は逮捕された。
強盗の他にも、
お年寄りに詐欺をはたらいた容疑で手配中の男だった。

事件は解決したものの、
周りは依然ざわついている。
新聞やテレビで知った郵便局仲間や
友達や遠い親戚から電話がかかり、手紙が届く。
郵便局に来るお客も目をキラキラさせて
「大変だったねぇ」「恐かったねぇ」と言うのだが、
その顔には「話を聞かせて」と書いてある。
仕方ないから、いつもより謙虚な態度で仕事に励む振りをする。
あと74日もすれば、皆忘れてくれるだろう。

ロビーには真新しい
カラーボウルが置かれた。
今度は緑色。
時々それを握っては
強盗の背中で緑の球が
破裂する様を
思い描いてみる。
次は、はずさないぞっ!

【Mに逢いたい大作戦】

カーラジオから吉田美和の「生涯の恋人」という歌が流れてきた時、
身体に電気が走った。
それはまるで私のために書かれたような歌だった。
そのままショップに立ち寄り、
そのCDを買って何度も何度も聴き続けた。

私の生涯の恋人はMという人。
彼のファンになってもう9年、今や私の人生において欠くことのできない
スーパースターとして君臨している。

つい先日、Mが関西から広島にやって来るという情報をキャッチした。
このチャンスに前々からやりたかった夢を実現することにした。
(ワクワク)

広島からの帰り、上りの新幹線に乗るMは必ず岡山駅を通過する。
岡山駅での停車時間、たった1分が勝負だ。

新幹線が岡山駅に到着する…。
「あぁ、岡山か。ケロちゃん元気でいてるやろか」と、
Mの頭にほんの一瞬私がよぎった時、
彼の視界にひとりの女が飛び込む。
ホームからMに向かって両手を大きく振っているカエル1匹。
「あれ? ケロちゃんやないかぁ」

さらに私は「Mさぁーん」とジャンプまでして両手を振る。
Mが思わず立ち上がった瞬間にドアがピッシーッと閉まる。
そして新幹線はゆっくりと動き出す。
Mはガラス越しにニヤリと笑って小さく手を振る。
「変わった女やなぁ」と呟きながら彼は岡山を通過していくのだ…。

これが私のイメージする1分間の劇的な出逢い。
他人にとっては馬鹿馬鹿しいことだろう。
しかし私にとっては一大事。
この1分を熱い時間にするために、その日は仕事も休むことにした。

前夜、新幹線の時間を探り出そうと
広島に宿泊しているMにさりげなく電話をかけてみると、
電話口の彼は大変な状態だった。
扁桃腺が腫れて高熱が出たのだそうだ。
救急病院にかつぎ込まれ、
電話をしている今もホテルの部屋で点滴中だという。
これでは岡山駅のホームで手を振っている場合ではない。
「お大事に」とすごすご電話を切った。

でも、諦めきれない。すごく楽しみにしてたのにぃ。
「青春を返してーっ」と号泣した私は

「それなら広島までお見舞いに行こう」
と思い直した。

それから1時間。
八方手を尽くしてMの泊まっている
ホテルを突き止めた。
よかった。これで明日は広島に行ける。
ホテルに着いたらロビーから電話して、
びっくりさせてやろう。
でも、これってただの迷惑なのかな…、
などと思いながらウキウキしてなかなか眠れなかった。

翌朝、目が覚めたら10時を過ぎていた。
完全に寝坊だ。Mはもうホテルをチェックアウトしたかもしれない。
これを逃したら、次はいつお目にかかれることか。
私は身支度を整えるとすぐ駅に向かった。
そして入場券を買ってホームに出た。
待っていればもうすぐ彼の乗った新幹線が目の前を通る。
そう思うだけでドキドキして嬉しかった。

とはいえ、ただ呆然と一日中ホームのベンチに
座っているわけにもいかないので、
Mに電話をしてみる。彼はちょうど広島駅に着いたところだった。
さあ、作戦開始まであと1時間。
待っている間にトイレに2回も行き、
キヨスクで女性週刊誌を買おうとしたが、

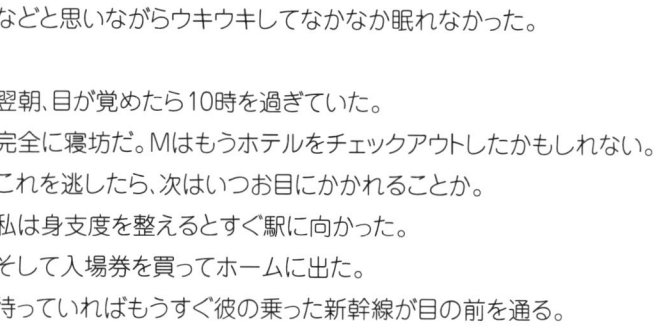

もし彼に見られたらと思い直してファッション誌にした。
女心だ。さらに待つこと30分。

ついに、恋しい人の乗る新幹線がホームに滑り込んできた。
もう充分待ちくたびれていたはずなのに
「待って！ まだ心の準備ができてないの！」と叫ぶ。

16号車、15号車…どんどん車両が通り過ぎていく。
車内にいるはずのMの姿を捜して窓をひとつひとつのぞきこむ。
新幹線が停まりドアが開く。停車時間は1分限り。
彼の姿はまだ見つからない。どこ？ どこにいるの。

前かがみのマヌケ面で窓をのぞきながら歩く私の肩を
ポンとうしろから叩く人がいた。
マヌケ面のまま振り向くと、そこにはMが立っていた。
彼は病み上がりとは思えない爽やかな笑顔で
「お茶飲みに行こ」と言った。

一気に心拍数が上がってどうしていいかわからない。
真っ白になった頭の中を

“…今も誰かにあなたのことを
話すときには
声が知らずにやさしくなる…”

「生涯の恋人」の詞がグルグル回りはじめた。

【ホラーアパート】

別荘があったら楽しいかも…、
30歳の私は考えた。

もちろん理想はいろいろあったけれど、
私は住んでいるマンションのはす向かいにあった
2DKのアパートをそれとすることに決めた。
理由は家賃が安かったから。

そのアパートの大家を見たのはたった一度。
彼はオンボロアパートには不釣り合いの高級車から降りてきて、
コンビニの袋をさげ、私の部屋（いや別荘である）の隣に入っていった。
陰気で目つきの悪いその老人は、
2階建てで6棟あるそのアパートの1室を
隠れ家として使っていたのだ。

床には安物のカーペットが
色調など無視して敷き詰められており、
空き室を装っているため水道や電気も止まっている状態。
そんな部屋の中で、いったい何をしているのだろうか。
「実は大金持ちで豪邸に住んでいるから安心して」と
不動産屋に聞かされても、
不安はぬぐえなかった。

おばけで荘

とはいうもののお気に入りの絵や小物をディスプレイしてみると、
生活感のない部屋（いや別荘である）は
モデルルームみたいでちょっと嬉しくなってきた。
しばし、部屋でくつろいでみる。そしてあることに気が付いた。
キッチンに入るとクラッとする程の異臭がするのだ。
ポプリや消臭剤ではとても手に負えない。

友人達の協力も得て、
その原因を突き止めるべく
鼻を大きく膨らましては何度も臭いをかぎまくった。
やがて、下水からくる臭さだと判定され、
流しの排水口周辺をパテで埋めた。
これで随分しのぎ易くはなったが、
キッチンは使用禁止にした。

悪臭騒ぎと同時進行で、
この建物に入ると
三半規管が狂うことも明らかになった。
まっすぐ立っているはずなのにまっすぐではない。
念のため測ってみると、床が斜めに傾いていた。
しかも、壁も傾いている。襖もだ。
壁にくっつけて置いたはずの棚の後ろを覗くと、
確かに下側はぴったりくっついているが、
棚の上部と壁の隙間は10センチもあった。

さらに問題は増え続ける。

2階には暴れん坊のチビがいて、一日中、大鼠のごとく走り回る。
それだけならまだ我慢できたが、
今度はチビの母親が洗濯機から水を漏らして、
うちのキッチンを水浸しにした。
既にキッチンは使っていなかったので
被害が最小限であったのは救いだった。

そして、いよいよ迎えた正念場。
大家がポストに走り書きのメモを突っ込んでいたのだ。

「便所のカンがつまっとる、吹き出るかもしれん！」

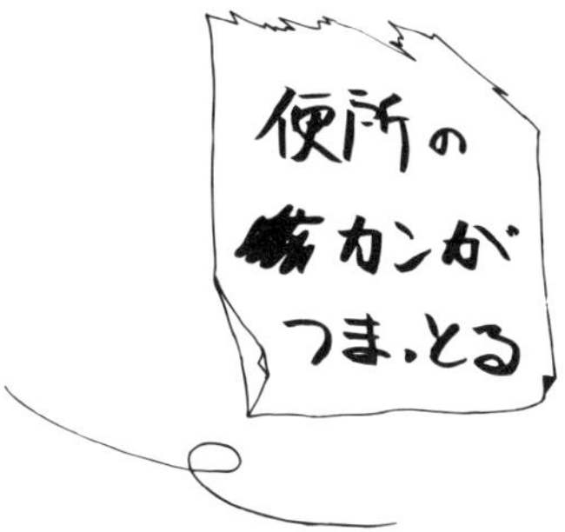

ついにトイレも使えなくなったこのホラーアパートを、
私はさっさと引き払った。
別荘ライフはあっけなく幕を閉じたのである。
今にして思えば、
家賃が安いにはそれなりの理由があったのね…。

【これが私の走る道】

高校生の頃、友達が「私には運転免許なんて必要ないの。
彼の助手席が私の指定席よ」とはしゃいでいた。
それを聞いて以来、私は助手席を指定席にするのが
カッコイイことだと思い込んでいた。

そんな私が何故、車の免許を取ることになったか。
それはカレシの喜ぶ顔が見たかったからだ。
ある日、カレとその友達の会話を小耳に挟んだ。
「酒を飲みに行った帰りに、カノジョが迎えに来てくれたら嬉しいよな」

そうか、男ってそんなことが嬉しいんだ。
私は即、教習所に通い始めた。もちろんカレには内緒で。
そのほうが喜びも倍増するはずだから。

しかし、補習券を山のように切って、
頑張って頑張ってやっとの思いで免許を取った時には、
もうとっくに振られていた。
それから何回かペーパードライバーのまま免許証を書き換える。

そんな私が何故、車を買うことになったか。
それは、車なしでは通えない田舎の会社に就職したからだ。
しかも家から最も近い車屋に歩いて買いに行った。
試乗もせず、そこに唯一飾られていたピンク色の軽四自動車

（しかもホイルは黄色）を見つけると
「スミマセン。これください」と指さして注文したのである。

車はさっそく届けられたが、
何しろ私はベテランペーパードライバー。
ハテ？ どうやって車を動かしたらよいものやら。
「確か、ペダルは右がアクセルで…」といった調子。

それでも、のっけから仕事を休むわけにもいかない。
翌朝には片道10キロの道のりにチャレンジし、
意外や、無事に走破して会社にたどり着いた。

が、順調な滑り出しに気がゆるんだせいか、
その日の帰りは駐車場で自分のバイクにちょこっと当ててしまった。
そして次の日は、駐車場の垣根にちょっと当てて、
その次の日はカーブミラーでちょっと擦って…、と
新車は着々と傷を増やしていく。

習うより慣れろというではないか。
私の運転技術はそのうち向上していくはずだった。

わが家の駐車場の先には幅3メートルの用水路があり、
そこには柵をしていない。出勤前にいちばん緊張する場所である。

ある朝、私は何を血迷ったのか、
その用水路に向かい、道もないのにバックをしてしまった。
思いがけず、後輪から「ゴゴオー」と音をたてて
車ごと水の中に落ちてしまったのである。
車は用水路に後ろ3分の2程はまって空に向かって立っている状態。

力を振り絞ってドアを開け、
中から脱出するのには死ぬ思いだったが、
なんとか道路に這い上がることができた。
通りがかりの親切な人と、
駆けつけた車屋さん達が四苦八苦しながら車を引き上げてくれるなか、
どこからともなくやって来た野次馬で人だかりができている。

その様子を眺めながら
「まるで映画のワンシーンだわ！」と
感動に震える私だったが、
その姿は端から見たらただのドブ臭いネエチャンだったろう。

そんなこんなで時は流れ、タイヤもすり減り、
車も真っ赤なステーションワゴンに変わった。
現在、助手席は父の指定席。
「うまくなったなあ。前はセンターラインの上を走っとったけど、
今はラインの左を走っとるから安心して乗れる」と
先日も褒められたばかりだ。
私の指定席に乗るにはどうやら命がけのようである。

「車はたてに停まれない」
……みなさまも運転時にはご用心を
プ～ン

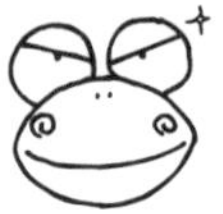

【決意表明】

私は生まれてこのかたスッポンを食べたことがありません。
そして今、どうしても
「スッポンを食べてみたい」という強い欲求にかられているのです。

ある日、食通の田村氏に
「スッポンって美味しいんですか？」と尋ねたら

田村 **「スッポン？ スッポンって、**
あんた、カメじゃで」

とあきれた顔をされました。
めげずに「で、美味しいんですか？」としつこく聞いてみると、
実は食したことがないと判明。

続いて、遠藤氏に同じ質問を投げかけると、

遠藤「スッポンは、不味いで」
と素っ気ない返事。
ところがこれまた、
未体験であることが発覚。

田邊嬢はどうなんでしょう。

田邊「スッポンなんて、いや」
としかめっ面。最後の望みは西田嬢、

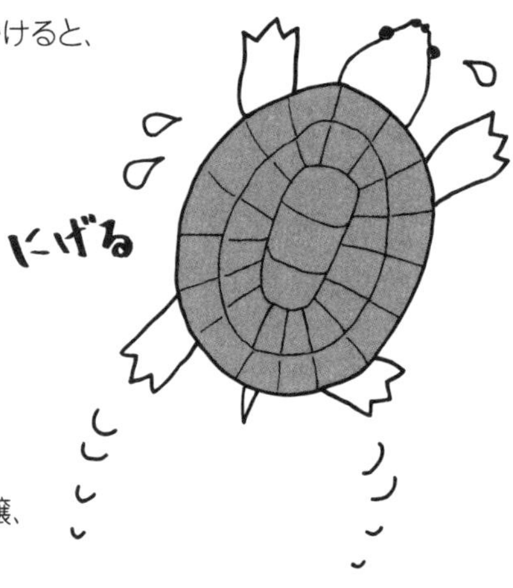

西田**「興味ないです」**

とあっさり。結局、誰も食べたことがないスッポン。
でも、ひとりでは食べに行けないのがスッポン。
どうか一緒にスッポンを食べに行ってください!
と懇願する私を冷たい目で見る周囲の人々。

そこへ、真打ち兒山嬢が登場。

兒山「ああ。スッポンって美味しいですよね。
私、結構好きですよ。
初めて食べたのは小学校一年生の時。確か伊豆の温泉で…。
血もゼリーみたいにしてて美味しかったし…
鍋がねぇ。これまた…」
と表情豊かに語って、爽やかにその場を去っていきました。

**一同「絶対ウソじゃで。
だまされたんかもしれんな。
兒山ちゃん、夢でも見とったんじゃで。子供の時のこと、
そんなにはっきり覚えとるぅ?」**

等々。でも私は見逃しませんでした。
兒山嬢の話を聞いた時、一同の気持ちが憧れに変わり、
スッポンにちょっとぐらついたことを。

私はその日、20世紀最後の目標として
絶対にスッポンを食べることを決意したのでした。

【マイボウル・マイシューズ】

今年こそ、会社主催のボウリング大会で鮮やかに優勝を遂げる。
これが新年に立てた目標である。

そのボウリング大会は春と秋に開催され、
ペアで出場することが条件となっている。入社して早10年。
私が賞を取ったのは一度きり。しかもそれはブービー賞だった。

ああ一度でいいからトップに躍り出たい！
ブービー賞からいきなり優勝というのも無謀だが…。
さしたる目標もないことだし、とにかくボウリングを極めてみたい。

となると、カタチから入るのが私流。
優勝するぐらいの人なら
絶対にマイボウルを持っていなくてはならないだろう。
ここは可愛く、ピンク色で、ラメなんか入っていたら理想的。
次に手袋。ほら、うまい人はみんな手袋をしているから。
そして、当然マイシューズ。

あとは、スリットの入ったミニスカートをはいて、
半袖の派手なシャツでも着れば、
もうどこから見ても中山律子さん、である。
すっかりその気になった私はその日のうちに、
全ての道具を揃えてしまった。

次の日、私は中山律子に仮装してボウリング場にいた。
真新しいバックから取り出したボウルは
そこいらのハウスボウルとは違い、ピッカピカで、
まさしく気分はプロボウラーだった。
これだけ格好が決まっていれば目立つのは仕方がない。
周囲のお客さん達も注目する中、
いよいよ第一球を投げることに。

まずは、一歩進んで右手を降ろす。
そして、そのままぶりをつけるべくボウルを後ろに引いた。
その瞬間「ドン」と鈍い音がして
視界の端からボウルが消えてしまった。
まさかの事態におそるおそる振り返ってみると、
後方3メートルの床で、
私が落としたピンクのボウルが燦々と輝きを放っていた。

以来、ボウリングの練習に
行くのはキッパリやめて、
他力本願優勝を目指し、
社内で最強のパートナーを
物色中の毎日である。

【カエル屋敷にようこそ】

最初にわが家にやってきたカエルは貯金箱だった。

「あのね、雑貨屋さんでウロウロしてたら、この子に出会ったのよ。
どうしてもケロちゃんちに連れて行って欲しいって目で訴えるんだもん」
そう言う友人の胸には背丈25センチの素晴らしく黄緑色をした
ビニールのカエルが愛おしそうに抱えられていた。

キューピーちゃんみたいな幼児体型で
両腕をフォークダンスの時のように腰にあて、
離れた目がキラキラ輝いているそのカエルを彼女は差し出した。

正直言ってあまり嬉しくはなかったけれど
社交的に「アリガト」と手を出すと、
彼女は「やっぱ、ちょっと待って」と急に振り返り、玄関へと小走りした。

いったい何事かと素早く追いかけていくと、
彼女は靴箱の上にあった花瓶をガバッとどけて、
その代わりにカエルをそっと置いた。
「玄関に置くにはちょっと質感がよくないね。
色もそぐわないみたいだし」と今度はキッチンへ移動。

「カエルはやっぱり水周りが似合うと思うの。
ほら、本人もその方が嬉しそうだわ」と

流しの傍や食器棚の中に置いてみるが、
どうもしっくりきていない様子。
「でも、トイレに置くにはサイズが大きいからダメ。
それから寝室は絶対にダメよ。
だってここに来る人、みんなに見て欲しいから」と悩むこと5分。

「ここがいいわ。決めた!
このカエルはテレビの上に置くことにしたからね」と
一方的にカエルの居場所は決まった。
その上、彼女は部屋の隅からフロアライトを引っ張ってきて
スポットライト代わりにカエルを照らしている。
「サイコーだわ、このカエル。ケロちゃんにそっくり!」と、
ひとりご満悦である。

目立つ場所に置かれたせいか、
このカエルはわが家を訪れる人達には大好評。
「まあ、これ、凄くかわいい」と褒められると、
つい調子に乗って、
カエルがテレビの上に居る経緯を話して聞かせた。
（もちろんフロアライトも照らしながら）

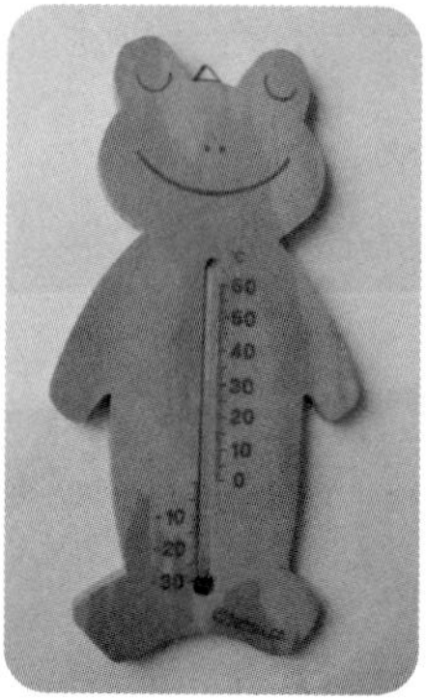

そして、知らぬうちに妙な風習が出来てしまった。
他の友人達もカエルの持ち込みを始めたのだ。
「この傘を見た瞬間、ケロちゃんを思い出して、
買ってあげなきゃと思ったわ」と
目が飛び出したカエルの傘（でも子供用）を貰い、
「必ず食卓の上に置いて」と
調味料セット（かなり気色悪いカエル2匹）を貰い、
他にもトイレのスリッパとか、温度計、お手玉、キーホルダー、などなど。

カエルを持ち込む誰もが自慢げで、
しかも私が絶対に喜ぶと信じて疑わない。
その後もカエルは増え続け、その数は既に30匹になっていた。

うんざりしていた筈の私も、
旅先で、つい魔が差してカエルの箸置きを買ってしまう。
さらには
「この家はカエルだらけで気味が悪い。何とかしなよ」
と言っていた妹までもが、
出来心でカエルの鉛筆立てを買ってしまった。

このままではわが家はカエル達に乗っ取られてしまう。
そろそろ「私はカエルを好きではないし、
集める趣味もない」とみんなに公言した方がいいんだろうか。

とそこへ、最初に貯金箱を持ってきた友人から電話があった。
「明日からバリ島に行くから、お土産には木彫りのカエルを買ってくるね」
ゾゾォーッ。またしても増えそうだ!

【大学芋がおいしい】

収穫の季節。
田舎暮らしのおかげで新鮮な野菜を貰うことが多い私は、
今回素晴らしいサツマイモと遭遇した。
赤紫に染まった凸凹の芋にはまだドロがいっぱい付いていて、
大ぶりなのに形も良い。その数、計5本。

その場に居合わせた人達は
「やっぱりサツマイモは焼き芋に限るで」とか
「いいや、スイートポテトがええよ」などとワイワイ。
その声を聞きつつ、
貰ったサツマイモをさっさと新聞紙にくるむと両手で抱きしめ、
家路を急いだ。**大学芋に決まってるじゃない!**

家に着くや否や、水道の蛇口をひねる。
外から帰ったら、先ずうがい。そして、芋を洗い始めた。
くぼみに残った土も丹念に洗って
水気はキッチンペーパーで拭き取る。
思わず、芋をひとつ手にとって電灯にかざしてみた。
「美しいじゃあ、あーりませんか」
赤紫色がさっきよりいっそう輝いてきた芋に、
しばしうっとり見とれてしまう。

さあ、ここからが腕の見せ所。

我に返り、次なる作戦を開始した。
先ずは、寵愛品ヘンケルの包丁を取り出し、
芋のへたを贅沢に切り落とす。
ヘンケル君は今日も切れ味抜群だ。
続いて、芋を大胆に乱切りしていく。
早く食べたいから、自然と大きく切ってしまうが仕方ない。

その時は切ることに熱中していたので、
大きく切ると火が通りにくいなんてことは全く思いつかなかった。
あっという間に切り刻まれた芋がまな板いっぱいに広がり、
もう一度念入りにペーパーで水分を吸い取った。
下準備は万端、あとは揚げるだけ。

ここで、私は秘密兵器を取り出した。
15年前に大金をはたいて手に入れた
18ー8ステンレスのお鍋ちゃんである。
取っ手を持って鍋を振りかざし、
えいやっと中火のコンロにのせる。そしてサラダ油を注ぎ込む。
この時、油の量は深さ7ミリがベスト。決してそれ以上入れてはいけない。

油を入れたらフタをして1分待つ。1分後フタを取ったとき、
ホンワカした白い煙が立ち昇ればそれがグッドタイミング。
大胆に芋を鍋に敷き詰めていき、
その上には躊躇なく砂糖を振りかける。
そう、芋の上に白いジュウタンが出来るぐらいの
砂糖を振りかけるのだ。

そしてフタをして待つこと10分。
やおらフタを開けたら芋を箸でひっくり返す。
芋は黄金色になり、飴状になった砂糖が艶っぽい。
さらに5分。こんがり揚がったら、遂に出来上がり。

菜箸で芋をつっつくとスルスルッと箸が芋につき刺さる。
今すぐ食べてくれと言わんばかりのやわらかさだ。
たまらず、芋のつきささった箸を口に運ぶ。

出来たての大学芋は熱い。
かみついた歯に熱が伝わり、舌も火傷しそうだ。
わかっていても頬張らずにはいられない。
舌の火傷こそ、つまみ食いの勲章なんだと納得しながら、
サツマイモ5本分の大学芋を大皿にドカッと盛りつけた。

飴状になった砂糖が糸を引いて固まり、
その造形美が芸術の秋(?)を連想させる。
出来上がった作品は単純至極な作り方からは
想像もつかない程素晴らしい出来映えで、
色といい艶といい、ひとりで食べるにはあまりに惜しかった。
それにひとりで食べられる量でもなかった。

さあ、もうひとつだけ味見しておこう。つまみ食いは楽しいねと、
ひとつつまんでふたつ頬張ってみっつ口に投げ込んで…
こうして食欲の秋は更けていくのだった。
ゴチソーサマ!

ケロ流大学いも

すごくカンタン！

●材料

・さつま芋（乱切り） 適量

・砂糖 適量

・黒ゴマ 適量

・サラダ油 適量

① フライパンに7mmの油を入れて中火にかけ、さつま芋・砂糖を入れる。

油

② しばらくふたをして、2、3度ひっくり返しながら、こんがりきつね色になるまで揚げる。

しっかりあめをからめてねー
ボク色にそめて…

③ 黒ゴマをふりかけてできあがり♫

ゲプッ

【カエルの湖?】

最近、私の開口一番は「バレエを習ってるんよ」である。
さも得意げにこう言うと、異口同音に
「バレーって、ママさんバレーよな?」
と聞き返されるのは何故だろう。

「違うよ、バ·レ·エ。森下洋子がやってるのと同じやつ」
とさらに得意顔になる私に、
相手は「あっそう」と気のない返事で
悲しいかな早くもこの話は終結する。
もっと話を膨らませたかったのに…。

思い起こせばうん十年前、
めちゃくちゃ可愛かった? 幼少の頃から、
私はバレエダンサーになりたかった。
もちろん目指すはプリマドンナ。
流れる音楽は白鳥の湖、
白くてフワフワの短いチュチュに白いタイツを身にまとい、
トウシューズを履いて爪先立ちした姿…
ああ、まぶたを閉じてイメージしたら
(自分でもコワイけどコワイもの見たさで)最高!

この際、実はまだ1回しか
レッスンに行ったことがないのは隠しておこう。
しかも身体が硬くて開脚は90度しかできないのも、
歳がいき過ぎてるのも、体重がかなりオーバーなのも…、細かいことは全部抜きにしよう。

初めてのレッスン。
驚いたのは先生が同じ人間とは思えないほど
身体が柔らかいこと**(たぶん軟体動物である)。**
何をやっても石のごとき私はすっかりめげていた。
「大丈夫です。いずれはできるようになりますから」
とため息混じりに先生は励まし続けてくれたものの、
あのまま終わっていたらきっとやる気をなくしていたに違いない。

でも最後の仕上げで柔軟体操をしていたら、
急に先生が手を叩いて褒めてくれたのだ。
「素晴らしいわ! カエル足がすごくお上手」
(うつぶせに寝て足を開脚し
ひざを曲げて両足のカカトを合わせて床につける、
これを俗にカエル足というらしい)

これを聞いた他の生徒さん達も、
カエルになりきった私をぐるっと取り囲み、
ここぞとばかりに賞賛してくれた。
「すごーい、こんなにカエル足ができる人は見たことない」
「きっとスジがいいんだよ」
「続ければすごく柔らかくなるよね」などなど。

そうか、白鳥にはなれなくてもカエルで充分主役
になれるんだとすっかり気をよくした私は、
今やバレリーナ気取り。次のレッスンまでに、
私がバレエを習ってるってことをあと何人言いふらせるかしら。

【うつわの会】

念願の「うつわの会」を発足した。
といっても今のところ会員は私とハルコのふたりきりだが、
なにしろ会員が生真面目なので最初に「会則」を作った。
2ヶ月に1回のペースで会を開くとか、
作るものは器なら何でも良いなど10箇条。

活動開始の初回は淡路島のとある公民館で陶芸を体験した。
不器用な私はろくろに振り回されるばかりで悪戦苦闘。
結局、器らしきものはちっちゃな皿しかできなかった。
しかもその記念すべき皿を、受け取ったその日に割ってしまった。

次にチャレンジしたのが、伊豆でのガラス工芸。
出来上がった器は、誰に見せても「派手な花瓶」と褒められたが、
創ったのは確かコップの筈…。
意地を張って暫くはコップとして使ってみたものの、
確かに長細くて飲みにくい。
あきらめて誰にも見つからないように棚の奥に隠した。

そして先日、私達は懲りずに第3回「うつわの会」を開いた。
今度こそは傑作品が完成。
ろくろは2度目だったから段取りも少しわかっていたのと、
講師がマンツーマンで熱心に教えてくれたので、
我ながら満足の出来映えである。

今回、完成したのはお猪口とお茶碗、
湯飲みに小鉢、合計でなんと7作品。一気に創り上げた。
最後に講師が
「さて、どれを焼きましょうか? 気に入ったものを選んでください」
と尋ねるので、迷わず「全部お願いします!」と満面の笑みで答える。

すると、それまでずっとクールに教えてくれていた講師が
「ぜ、全部ですかぁ?」と声を裏返しにしたので、逆に私が驚いた。
「あれっ、ダメなんですか」
と残念そうに聞き返すと、
講師は「いいです。いいですけれども…、これほどの数を創って、
しかも全部焼いてくれと言われたのは初めてです」
とまた冷静さを取り戻して答えた。

せっかく何とか形になったものを焼き上げないなんて、
今の私には考えられない。
確かにデカ過ぎる湯飲みは両手でささえて
落とさないように気を付けないといけないし、
小さ過ぎる湯飲みは
お猪口としてしか使えなかったりもする。
いろいろ不便は感じるが…。

ともかく、こうして作品は着々と増えているのだ。
未だに会員が増えていないのは少々気になるものの
「うつわの会」は順調に活動中といえるだろう。
さて次は何を創ろうかな。

2

ケロの家族

【おむすびころりん】

妹のひなこは短大生で、食物科に在籍していた。

ひとり暮らしのため鍋やヤカンはひと揃いあるが、
それらはただの飾りものである。
ポテトチップス、インスタントラーメン、
そしてスーパーの総菜で食生活を組み立てているからだ。
冷蔵庫の中には冷たい飲み物が入っているだけ。
時々乾燥したコンビニの弁当が入っていたりするのはご愛敬。
決して自炊はしない。お茶も沸かさない。
だから部屋の隅には空になったペットボトルが
カラカラと積み上げられている。

そんなひなこも試験前には台所に立つ。
といっても夜食を食べて徹夜で頑張るわけではなく、
実技試験に備えて「ホワイトソース」や「キュウリの輪切り」などを
夜な夜な練習するのだ。
料理に既成概念のない彼女は
先生が教えてくれる通りに作るためか、
実技試験は常に上位だった。

ある晩、手料理をご馳走してくれるというので、
私はいったい何事かと泊まりがけで彼女のアパートを訪れた。
玄関のドアを開けるとすぐに小さな台所があり、

エプロン姿のひなこが立っている。
「いらっしゃい。今作ってるからテレビでも見てて」
と笑顔で迎え入れられ、待つこと30分。
料理はいっこうに出てこない。
さらに30分経っても食卓に料理が並ぶ気配はない。

私は台所をのぞいた。
「何作ってんの?」とひなこの背中に声をかけると
「肉じゃがー!」と誇らしげな返事。
台所の端から端まで見渡してみたが、
どうやら作っているのは1品だけのようだ。
しかし折角やる気を出しているところに
水を差してはいけないと黙って観察する。

ひなこの前には美味しそうな肉じゃがの写真が載っている
料理ブックが広げられていた。
手順に従ってゆっくり確実に作っているのだろう。
面取りしたジャガイモがコロコロッと盛られた皿があり、
隣の皿には面取りの最中と思われるニンジンが4切れあった。

コンロでは鰹節入りのお湯が沸騰している。
まだ出し汁をとっている段階なら
このままでは完成までにあと1時間はかかりそうだ。

私はついに我慢できなくなった。
「タッチ交代!」と叫んでひなこの右手をパンと鳴らし、
お尻で彼女を突き飛ばすとポジションを奪った。

20分後、やっと食卓に晩ご飯が並べられた。
きっちりと2人前量って作られた肉じゃがは、
こじんまりと器に収まり、
漬け物もお味噌汁もないテーブルの上には
空虚な寂しさが漂うばかりであった。

空腹で寝付きが悪かったせいか、
翌朝私は寝坊した。慌てて会社に行こうとすると、
ひなこがお弁当を持たせてくれた。
肉じゃがでさえあんなに苦労していたのに…。
予期せぬ好意に私は涙が出るほど感激した。

お昼、期待に胸を膨らませてお弁当のフタを開けると、
私の口もあんぐり開いた。

拳より大きなおむすびが2個ドデーンと詰められたお弁当。
おかずはゆで卵が半切れのみ。
しかも、おむすびと弁当箱との隙間はご丁寧に
フニャフニャになったポテトチップスで埋められているではないか。

私はそのおむすびを手に取り、しげしげと眺めた。
表面は海苔を何重にもくるんであるため、

どこから見ても真っ黒。
最後の望みで半分に割ってみたが、
中には梅干しもおかかも、何にも入っていない。

ガブッとかぶりつくと、
今までに経験したことのない不思議な味がした。
同僚達からの好奇な目に耐えながらも
お茶と一緒に飲み込んで泣く泣く完食した。

その夜、ひなこから電話があった。
慌ててお礼を述べようとすると、先に向こうから謝ってきた。
「ごめん。今日のおむすびなんだけど、
塩と間違えて砂糖で握ったみたいなの」
私は受話器を落としそうになった。

あれから5年、
ひなこは無事に就職し
生涯の伴侶も見つけた。
今では
「得意な料理は肉じゃが!」と
答える立派な主婦…。
そして、あの日のことは
すっかり忘れているようだ。

【謎の訪問者】

休みの日、家にいると急な訪問者がやってくるものだ。
小包の配達とか新聞の勧誘、車のセールスから宗教活動まで、
実にさまざまな人が来る。

ある日の夕方、家族そろってご飯を食べていると、
ふいに玄関のベルが鳴った。
妹が応対に出たが、ドアの隙間からちらりと見えた訪問者の姿は、
背が高くて若い頃バレーボールでも
やっていたような中年女性。
その後、玄関からは何やらモゾモゾ
話し込んでいるような声が聞こえるものの、
なかなか妹が戻ってこない。
ややこしい話になっているのだろうか。
残る家族はちょっと不安になった。

しばらくして食堂に戻って来た妹は、
怪訝そうな顔をしている。

「誰だったの?」と聞くと
「目の関係の人みたい」と答える。
「メガネ屋さん?
珍しいねぇ、メガネの訪問販売なんて聞いたことないけど。
それにしても長いこと話し込んでたねぇ」と母。
すると、妹は泣き出しそうな顔をして続けた。

「そうなんよ。おばさんが長い話をするんだけど、
内容がわからなかったから
『結局、あなたは何をする人ですか？』って聞いてみたの。
そうしたら
『私の仕事はとても大変で苦労が多い』って説明してくれた。
でも、ますますわからなくなったわ」と、
今度はちょっと憤慨している。
手には、何やらパンフレットを握っているから、
きっとねちねち売り込みの口上を聞かされたのだろう。

妹はイスに腰掛け食事の続きを食べ始めた。
でも、まだ首をかしげている。
それほどきつい言葉を浴びせられたのだろうか。
ドアの隙間から見えた相手の顔は穏やかそうだったのに…。
それにしても、そんなに憤慨しなくてもいいんじゃない。

「お姉ちゃん、
アイ・クイーンっていうのがあるんでしょ。
アイって目だよねぇ。クィーンは女王？
このパンフレット見たけど、
目のことなんて全然書いてないんだよ！
いったいあの人は何者？」

妹の勢いに押されて、
私はテーブルの上に置かれたパンフレットを手に取った。
そこには
「愛育委員からのお知らせ」と書いてあった。

【北京ダックや、これいかに】

中華料理がたまらなく食べたくなった。
といっても、ラーメンとかチャーハンではない。
未体験の味…、
北京ダックにフカヒレ、干しアワビ、ツバメの巣などである。

善は急げ。リビングでくつろいでいた私は、
座っていたソファの上に立ちあがって妹に向かい
「今晩は本格中華を食べに行きまーす」と発表した。
「ワーイ、ワーイ」と拍手して喜ぶ妹。
早速、ふたりは市内の中華料理店をガイドブックでリサーチする。

どうせなら、その店には二度と行かない覚悟で大奮発して、
飛び切り美味しいものを食べるのが希望。
「北京ダックは丸ごと出てきて欲しいよね。もちろんアワビもステーキで。
やっぱりフカヒレは姿煮…どこに行く?」
と盛り上がる私はメニュー欄を見て顔色が変わった。

本格中華ってお高い。北京ダックだけで既に予算オーバーだ。
それを敏感に察知した妹は
「北京ダックてトリでしょ。尾頭つきはグロテスクだよ。
ツバメの巣なんて食べたくないし、フカヒレはスープで充分。
このコースにしようよ」
と私の懐に見合った店に決めてくれた。

気を取り直してお目当ての店に行くと、
エントランスにかがり火を焚いて私達を迎えてくれていた。
店内には鹿の剥製や、豪華な調度品が飾ってあり、
成金趣味ではあったが雰囲気にはかなり満足。

いざ、北京ダック5切れと
フカヒレスープがついているコースを注文した。
まず前菜に出てきたのはカリカリ春巻きとプリプリシューマイ。
いきなりの美味しさにふたりは来て良かったと頷くことしきり。

そして、おまちかねのフカヒレスープが登場。
妹はきょとんとした顔になり、カップを覗き込んで
「どれがフカヒレ? どれ? どれ??」
とスープをグルグル、グルグル混ぜながら
フカヒレをひたすら捜している。
ヒソヒソ声で「この、ハルサメみたいにチョロチョロ浮いてるやつだよ」
と私は答えるが、内心ハルサメの方が美味しい気もした。

生まれて初めて食べた北京ダックに至っては、
既に冷え切っていて、油でギトギトしており、
中に挟む白ネギがスジっぽくて噛みにくいのが特徴だった。
人は何故、これを美味しいと言うのだろう…。

やっぱり、ケチったのがいけなかったのかな。
帰り道「今度はラーメンとかチャーハンを食べに行こうね」
と妹を誘う私であった。

【夏の思い出】

瀬戸内の島に住んでいる父が
海にイカダを浮かべているのは知っていた。
が、実はこのイカダの下が全部生け簀になっていたとは、
親不孝でめったに帰らない私は最近まで知らなかった。
生け簀を覗くと、タイやカワハギ、スズキなどに加えて、
名前も知らない魚が元気よく泳ぎ廻っている。その数、約200匹。

ハハーン、両親はこれを食べて生活してるんだな、
と思いきや「この魚は食べんのじゃ」と父にきっぱり言われた。
「見てみ、あのコブダイ。おっきいじゃろぉ。
生け簀に入れた時はちっちゃかったのに、もう大きくなって網ではすくえん。
何年も生かしとるから可愛くてなぁ、食べれん」と父は続けた。
どうやら泳がしているうちに情が移り、
今ではペットとして飼っているらしい。

この夏一番の暑さの中、
父はそのイカダの上にテントを張って日除けにしてくれた。
そこいらに転がっていた樽や材木がテーブルとイスに早変わりし、
今日は父がお昼ご飯をご馳走してくれる。
大きな手で作る豪快な料理は、
唐揚げ、天ぷら、煮物にサラダ、炊きたてご飯…、
しかも海に浮かぶイカダの上で。
潮風は心地よく、空はどこまでも青い。

ちょっと感動の食事を終える頃、父がいきなり、
サラダの残りを生け簀の中に投げ込んだ。
驚く間もなく、生け簀の中では魚達がバシャバシャと音をたてて、
我先にとサラダを奪い合っている。
キュウリやトマト、ジャガイモがどんどん魚の胃袋に消えていく。
「何でも食べるんじゃ」と言い、ハハハと笑う父。

それならばと、
私が食べていたカレイの唐揚げをちょいと生け簀に投げ込んでみたら、
これまた大きなシブキをあげて、争奪戦になった。
煮物のカボチャ、ニンジン、
デザートのブドウからナシまで調子にのって次々投げたが、
彼等は何でもたいらげてしまう。
もう何年もこんな生活をしているそうだから驚きだ。

同じ釜の飯を食った私は魚達に兄弟のような親しみを感じ、
その日、夜が更けるまでイカダの生活を満喫した。

【究極の味・思い出の味】

あれは3年前のことだった。
知人の店で食べてみたいという父の希望で、
あるうどん屋を訪ねることになった。
といっても、正確な店の名前と場所がわからない。

父のあやふやなナビゲートで私は田舎道をひた走り、
やっとお目当ての店を探し当てた頃にはお昼を随分過ぎていた。
しかも、その店の入り口には「本日休業」の看板が出ているではないか。

仕方なく、車でもう少し走ってみる。
あたりには他にも何軒か飲食店が見えるのだが、
どういうわけかその日は休業の店ばかり。
私達はどんどん空腹になってきた。
母が「どこでもいいから、次に見つけた店で絶対食べよう」と提案。
父と私は賛成した。

そして次に見つけたのは、それはそれは汚いラーメン屋だった。
いやいや、ラーメン屋は外観じゃない、味で勝負だ。
3人が勇気を奮い起こして垢じみた暖簾をくぐると、
お客さんはいないのにカウンターの中には老女が5人も働いていた。
そのうちのひとりが、「いらっしゃい」と元気のないダミ声で私達に挨拶する。
それにしてもこの老女達はいったい何歳だろう。
シワだらけで表情がないその顔は白粉で青白く、

乾いた唇には真っ赤な口紅を塗っている。
全員がお揃いの白衣を身にまとっているのも奇妙にしか見えない。
しかもタバコをくゆらせながらゆっくりとラーメンを作っている姿は、
…とてもこの世のものとは思えない。
「100歳くらいには見えるよねえ」
「もしかして長寿姉妹かなあ、それとも妖怪一族」
と私はあれこれ思いを巡らす。

ほどなくラーメンが運ばれてきた。やっとお昼にありつける。
3人は笑顔で麺を口に運び、思わずその臭いに全員箸をとめた。
「く、腐ってない?」母と私は顔をくもらせ、小声で呟く。

しかし、父は素知らぬ顔をして、そのままガンガン食べ始めた。
おまけに「うまい!」と呟く。
つられて母と私も再度チャレンジしてみたが、
やっぱり食べることができない。

父がさっさと食べ終えるのを見ると、母は間髪をいれず
「そんなに美味しいならこれも食べて」と自分のどんぶりを差し出す。
父はそれをもたいらげてしまった。
そして、老女の皆さんに丁寧なお礼まで言い、店をあとにした。

あれから同じメンバーで何度もラーメンを食べに行っている。
その度に、母はあの老女とラーメンの味を話題にするのだ。
すると父は「あのラーメンは本当に不味かったなぁ」
とまるで水戸黄門のように大笑いするのだ。

【道後温泉2002】

「人生七十古来稀なり」というけれど、父は本当にマレな存在だ。

2月のある晴れた日、
古稀を迎えた父のお祝いに道後温泉へ出掛けた。
久しぶりの家族旅行。姉と私と妹は早朝から岡山市内で集合し、
意気揚々と両親を迎えに行った。

私の運転する車が待ち合わせ場所の笠岡港に近付くと、
父が満面の笑顔で両手を振りながら立っているのが見えてきた。
さらに目に飛び込んできたのは足元に積んである段ボール2箱。
まさかとは思ったが、開口一番「はい、おみやげ」と父はそれを指差した。
箱の中を開けてみるとミカンがぎっしり詰まっていた。
しかもずっしりと重い。

私は「これから私たち旅に出るのに、こんなの引っさげて来たん?」
とみるみる不機嫌になった。
定員5名の車は満員で、手荷物もある。
トランクは既にこのミカンでほぼ埋まっている状態。
これでは本物のおみやげを買っても入れるスペースがない。

しかし、父は「じゃあ、旅館に着いたら、みんなで食べようや」
とまだ得意顔である。いったい、ひとり何キロずつ食べたら本物の
おみやげが買えるんだろう。しかも行き先はミカンの産地なのに…。

はて、どうしたものかと姉妹で思案する。
港で係の人に相談すると食べ物はネズミが囓るから預かれないと言われ、
近くの大型スーパーでコインロッカーを捜したが、
ロッカーはもう取り壊したと教えられた。
ならば何とかしてくれと頼んでみたが冷凍物しかダメだとか何とか、
結局他も全て断られてしまった。

重い段ボール箱を持って右往左往しているのを見た父は
「ミカンを預けたいんか?」とやっと気づいてくれたかと思うと、
さっきのスーパーに逆戻り。何故だか知らないが、
父が頼むとお店の人は最敬礼して預かってくれたので、
私たちは呆気にとられる…。
まあ、ともかくミカンには苦労させられた。

「おみやげは買わん! 特にミカンだけは絶対に買わん!」
と父にはきっぱり宣言してもらい、やっと出発。
そこからの旅はすこぶる順調だった。
久々の家族水入らずは楽しくてしょうがない。
みんな財布の紐もすっかりゆるんで、
予想通り車の中にはおみやげの山。

そして最後に寄ったのが、よせばいいのに瀬戸田の果物屋さん。
あれほど約束したはずの父は性懲りもなく、
今度は「デコポン」を2箱も買い込み至極満足そう。
旅行は無事に終わったが、
帰宅した私はミカン三昧の日々が続いたのだった。

【黒川温泉2003】

待ちに待った2月。
わが家では温泉旅行をするのが恒例の行事になった。
今回の目的地、黒川温泉は秘境の地。折しも前夜からの雪で、
見渡す景色は一面、白く覆われていた。

私達はガイドブックいち押しの露天風呂に立ち寄った。
それは山から流れる川に沿って造られたスケールの大きい岩風呂。
まず上流には女湯があり、
そこから**「裸の散歩道」**と呼ばれる小道を下って行くと
中流にまた女湯、下流には男湯があるというもの。

これほど立派な露天風呂は体験したことがない。
対向車に苦労しつつ狭い雪道を走ってきた甲斐もある。
私は湯に浸かりながら大自然と人間のなせる業に感動していた。
しかし寒さは凍えるばかりで雨も降り出し、
どんなに長く浸かっても身体が温まらない気がした。

とその時、
私は川の下流に山ザルを発見した。
その山ザルは、
こともあろうに雪解け水が流れる冷たい川の中に
どっぷりと浸かって、
頭だけちょこんと出しているではないか。

私はサル発見の事実に興奮して、
その姿をじっと追った。

すると、それはすくっと立ち上がった。
よく見るとサルじゃない、男だ。
しかも私の父だった。
なんだ、川に見えたけどあそこも男湯だったんだなと
私はひとり納得した。

風呂から上がると、
待合室で何やら青年達が賑やかに話している。
「凄いじいさんがいたもんだ」
「あの岩をよじ登って川に降りるのは恐いよ」
「しかも3回も浸かった」…。

その輪の中で
「あれねえ、うちの義父なんです。
71になるんですけど、元気でしょ」
と爽やかに笑っているのは、
私の義弟。
（あれはやっぱり川の中だったんだ!）

黒川温泉
?

父は、

まさにサルのごとき身のこなしで

岩風呂から2メートル下の川に降り立ち、
凍える水に首まで浸かって
周囲の観光客をあぜんとさせ、
しかもそれを3回繰り返した。
それを見ていた元気な若者6人が
真似して父の後ろを付いて行ったが岩を登れなかったり、
水の冷たさに耐えられなかったりして
直ぐ引き返してきたらしい。

そこへ渦中の人登場。
風呂から上がってきた父は
いきなりわが家の女達にとり囲まれた。
何故、川なんかに入ったのかと責め立てられると、
「川? 川は雪解け水でなあ、
凍るようにツベタクテ気持ちが良かったでス」
と何食わぬ顔で答え、
さっさと車に乗り込んだ。

【賞味期限にご用心】

私の両親は結婚43年のおしどり夫婦。

この春めでたく定年退職を迎えた母は、
父がやっている飲食店を手伝うことになった。
おしどりとはいえ四六時中、
一緒にいて仲良くできるのか。
私は少し不安になり、店を訪ねてみた。

時間がまだ早かったせいか、店には父がひとりきり。
父は私を見つけるや否や、急接近してきた。
そして、たったふたりしかいないのにヒソヒソ声でこう訊ねた。
「お母さんから、カレー事件のこと聞いたか?」
その語気がただならぬ様子だったので私は緊迫した。

「何かあったん?」
と聞き返すと、父は神妙な面持ちで語り始めたのだ。
「お母さんが、はりきっとってなあ、
店の掃除ばっかりするんじゃ。
この前も冷蔵庫を片付けてから…。
中に入っとったものを捨ててしもうて、きれいになったでえ」

まんざら悪い話でもない。
怪訝な表情の私にグッと顔を近づけて、父はさらに続ける。

「その時、冷蔵庫の奥の方から、
賞味期限が切れたカレー粉の箱が出てきてな。
それがものすごい古かったんよ。
お父さんはそれをお母さんに手渡されて、
こりゃあとても食べれんと思って深く考えもせず、
ゴミ箱に放り込んだんじゃ…」

「わかった！ それを誰かが拾って食べて、お腹こわしたんじゃな？」
でも、そのつっこみは全く聞こえてなかったようで、父は続ける。

「あの箱がちょうどよかった。何より大きさがピッタリじゃった！
箱の厚みもええかげんで…他にはない理想的な箱じゃったわ。
んでも、その時はすっかり忘れとったんよぉ」
ひとしきり反省して遠くを見つめる父。

はたして何がピッタリだったのか？
カレーならまた買えばいいじゃないか。
話が全く見えない私は、結末を早く教えろと詰めより、
やっと白状させた。

「実は、内緒にしとったけどな、
お父さんはカレーの箱に一万円札を貯めとったんよ」
呆然として、口をアングリ開ける私。
しかし父は反対に、むしろ嬉しそうで誇らしげだった。
これまで何年間も内緒でヘソクリをしてきたこと、
それを冷蔵庫の奥に隠していたこと、
そして自分の手で
それをゴミ箱に捨ててしまったことを一気に話してくれた。

「それで？ あとでこっそり拾って、今度はどこに隠したの？」
父は照れ笑いを浮かべ、
「それを思い出したのが、そうじゃな、1週間ぐらい経ってからかな。
ゴミも処理された後じゃから、全部パーよ」

この事件をきっかけに、
父は老け込むどころか30歳は若返った気分だと言っている。
そう、若返ってヘソクリをやり直したいからねっ。

【ちいさなトラウマ】

落ち葉が風に舞い始める季節、
小学5年の甥っ子を連れて「ドイツの森」に行った。
ゲートをくぐって、まずは記念撮影。

さて、どこから見ていこうかと周りを見渡していると、
間髪をいれず甥は「ゴーカートに乗る!」と主張した。
「いいけどぉ、
ゴーカートはゲートから一番遠いところにあるから、後で行こうよ」
と言う私をしり目に彼はどんどん走っていく。
移動の車の中でパンフレットの内容を頭に入れてきたようだ。

目的の場所に着くと、
彼はさっさと自分でチケットを買いカートに乗り込んだ。
ドドドッと音をたててスタートする小さな後ろ姿を見送りながら、
私は自分が初めてゴーカートに乗った時のことを思い出していた。

その時、私はビビッていた。無理矢理カートにはめ込まれ、
いやがっているのに、係員が車から手を離したのだ。
その途端、カートが勢いよく飛び出し、
あまりに恐くて目をつむった私は第1コーナーに激突。

気が付くと、両膝から血が吹き出ていた。
肘からも血がたれている。

興奮状態の私があまりに大声で泣き叫ぶので、
恥ずかしいからと、サッサと連れて帰られた。
しかも、それは私が26歳の時である。
もちろん運転免許も持っていた。
（あのカート、きっと廃車になったろうなぁ…）

コースを1周した甥っ子は晴れ晴れした顔で戻ってきた。
そして「なんで乗らないの？」
と私に軽く聞き、再びさっそうとゴーカートに乗り込んだ。

【ペット達の行方】

私が、というか私の家族が、
最初に飼ったペットは猿だった。
外国航路の船長だった叔父さんが
お土産にテナガザルを連れてわが家を訪れたのだ。
きっと東南アジアのとある港町、
市場で今まさにカラアゲにされようとしていた猿を
アラヨッと助け出し、
船倉の奥深くに隠して連れて帰ったのだろう。
折角の好意に断る理由も思い浮かばず、
猿と一緒に暮らすはめになった。

まだ幼かった私は、バナナをやろうとして腕に噛みつかれた。
この猿、噛みついてひっかくだけでなく、
障子は破るし、あっちこっちに粗相はするし、
たった2日でうちの中は台風が通り過ぎたかのごとく荒らされた。
このまま猿に支配されて生きるのも辛いので、
近所にいた動物好きのおじいさんの元へ養子に出して一件落着。
名前を付ける余裕もなかった。

次の年、叔父さんが連れてきたのはオウムだった。
南の島からやってきた彩りも鮮やかなオウム。
「プリン」と言うのが口癖で、
1日中「プリン、プリンッ」と繰り返していた。

ケロのアルバム

ある日、母がオウムのカゴを外に出して
日向ぼっこをさせていたのを見つけた私は、
どこかの絵本で見たように自分の肩にオウムを乗せてみたくなった。
そっとカゴを開けて手を差し入れたら、
カゴから出てきたオウムは私の肩には見向きもせず、
大空に向かって飛んでいってしまった。
名前はまだ決めていなかった。

さらに翌年、叔父さんは懲りずに、
飼い犬が生んだからとマルチーズのオスを1匹お裾分けしてくれた。
実は、私が飼いたかったのは猿でもオウムでもなく「子犬」だったので、
今度ばかりは大切にしようと心に誓い、その日のうちに名前も付けた。
マンガに出てくる犬の名前で「ラティ」。
両親はハイカラな名前を付けたものだと
娘のセンスに感心していたが、
父はその犬を「ハチ」と呼び、母は「ラッキー」と呼んでいた。

両親も今まで以上に乗り気で、
ピンク色の立派な犬小屋を造り、
犬用のシャンプーにブラシ、首輪、ドッグフードもたっぷり買い込んだ。
私は毎日いそいそと散歩に出掛けた。
私の前をチョコチョコ走るラティの姿があまりに可愛くて、
思わず抱き上げては頬ずりをしたり頭を撫でたり、
ペットを飼う喜びを噛みしめていた。
今度こそ全てが順調だったかにみえた。

ところが暫くすると、私の身体に異変が起きた。
止まらない咳、身体中の痒みなど。
念のため病院で検査してもらうと、
私は「犬アレルギー」だったことが判明。
かくしてこのペットともお別れすることになった。
泣く泣く叔父さんに返したのである。

それからというもの叔父さんは生き物を諦めて
剥製のお土産をくれるようになった。
狭いわが家はあっという間に剥製だらけ。
玄関を入るとキジ、テーブルの上にはカメ、壁にはシカ、
タンスの上にはワニ…といった具合である。

おかげでペットに悩まされることはなくなったが、
幼い私は夜中にトイレに行きたくても
恐くて我慢しなければならなかった…。

【私のアイドル】

最近私が気になっているのは「萬福（まんぷく）トメ」という名の女性。
このおめでたそうな姓に、兄姉が多かったことを
におわせる名の持ち主は、何を隠そう私の祖母なのだ。

長年の付き合いでありながら、今さらクローズアップされた理由は
「ばあちゃんは今年で百歳になるんよ」
という母の衝撃の一言に因る。
もちろん島いちばんのご長寿さん。
努力だけでできるワザでもない。
私にとって今やばあちゃんはスーパーヒロインだ。

ばあちゃんの趣味はアルバム鑑賞。
毎朝、布団の中からムクムクッと起き出して、
薄いピンク色の老眼鏡をかけると趣味の時間が始まる。
ちょっとアゴを前に出して、時々それを左右に振りながら、
家族のスナップ写真や結婚式の時の写真を順序よく見ていく。
毎日繰り返し見ているからアルバムはもうボロボロだ。

それにしてもばあちゃんには家族が多い。
子供は6人おり、孫に曾孫はもう数え切れない程になっている。
果たして見分けがつくんだろうかと思いきや、
写真の脇にはきれいな字でそれぞれの名前を書き添えてある。
このあたりがボケない秘訣かもしれないな。

私は母に連れられて、
時々ばあちゃんの家を襲撃する。
重い引き戸を開けて部屋の空気を入れ換え、
洗濯機をガンガン回し、掃除機もガーガーかけまくる。
そうするとばあちゃんもつられて
自分で出来ることをやりはじめる。

片付けが終わると、
母がばあちゃんの顔やカラダを温かいタオルで拭いてあげる。
さっきより若返ったばあちゃんは笑顔で「アリガト」と言う。
ばあちゃんの笑顔は可愛くて最高だ。

…決めた。私も百歳までは生きることにする。

長寿三姉妹。右端がトメばあちゃん

うたも
うたえます。

3

ケロの友達

【シアワセの形】

ハルコは私の盟友である。
京都の某ミッション系女子大を出て早10年。今はプー太郎だ。
彼女に「将来どうするつもり?」と訊ねると
「私の夢は一生このウチ(親の家)に住んで、
可愛いマルコ(犬)と散歩して暮らすことよ。
だから、もう夢は叶ってるんだぁ」と言う。

外出すれば疲れるし、人に会うのも面倒くさい。
食べ物なら裏の畑で採れるし、
着るものは得意なミシンを踏めば思い通りのものが創れる。
「今のままで充分幸せ」と彼女は言うのだ。

そんなハルコの密かな楽しみは通信販売。
目新しいものを見つけては次々と買うので、
私が知っているだけでもかなりの数になる。

エアロバイクに始まり、ドイツ製の浄水器、
アメリカ製のワッフル焼き器などなど。
あれこれと手に入れては非常に気に入り、暫くすると、
もっと気に入ったものを見つけているといった具合。
化粧品もビタミンも愛用品が何度も変わり、
その度にどう素晴らしいのかを熱く語ってくれる。
ひとことで片付けると「熱しやすく冷めやすい」ということだろうか。

しかし、彼女には学生時代から
ずっとずっと執着している男性がいる。
それは「斎藤誠」という平凡な名前のアーティストだ。

よくは知らないが、
彼女曰く「昔は今と違ってカッコ良かった」そうで、
最近は若手のプロデュースをしたり、
桑田佳祐のツアーでギターを弾いたりしているらしい。
彼女はバックギターの斎藤を見るためだけに
ダフ屋から高額チケットを買って桑田のコンサートに行き、
大満足で帰ってきたこともある。

その「斎藤誠」が先月5年ぶりにアルバムを出した。
待ちに待った発売日。
ハルコは売り切れるはずのないそのCDを買うため、
朝一番に店へ乗り込み、同じCDを3枚も買い込んだ。
私にはその数が疑問だったが
「斎藤誠の良さをわかってくれそうな人に
CDをプレゼントする行為」は、
ハルコにとっては
至極当たり前であるらしく、
人選に頭を抱えていた。

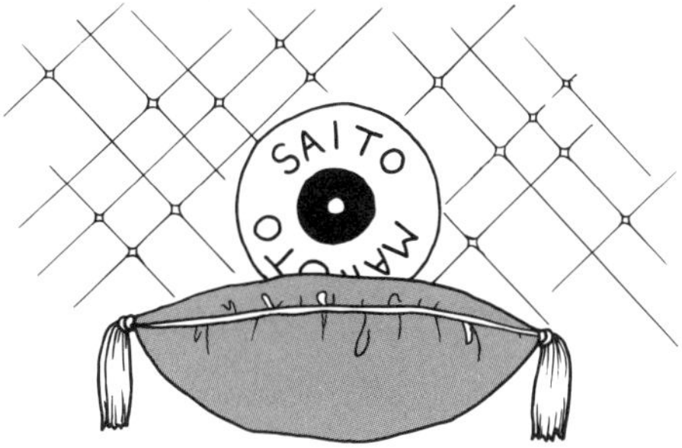

そして、残る1枚がハルコの宝物となったのだ。
彼女は腫れ物に触るようにしてCDケースの封を開け、
プレーヤーにかけると、最初の10回は正座して聴いた。
もちろん手には歌詞カードを握りしめ、
穴が開くほど見つめている。
そうして1日の大半をこのCD鑑賞に費やし
(プー太郎はのんきで良いな)
歌詞を丸暗記してしまった。

ハルコは弾んだ声で言う。
「ねぇ聞いて。すごいのよ。
レンタルショップに斎藤のCDが2枚もおいてあったんだから」
思わず私は
「でも誰か借りる人がいるの?」
と聞き返しそうになったが、
ハルコの笑顔が少女のように眩しくて言葉を呑んでしまった。

ハルコは出不精で、
しかも夜の外出は厳禁にもかかわらず、
斎藤のライブなら大阪だろうが東京だろうが飛んで行き、
時にはホテルにも連泊する。
この入れ込みようには全く呆れたもんだ。

30過ぎて、プーで、変な男を追っかけ回していて、
彼女はこのままでいいんだろうか。

…このままでいいんだ。

ハルコは確かに幸せだと思って

今日もマルコと散歩しているんだから。

【ケアンズ2001】

ハルコとケアンズに旅した。
ケアンズは異常気象とやらで、
6月の乾期にもかかわらず雨がやたらと降り
「天気予報は全く当たらない」と現地の人が教えてくれた。

1日目は雨降り。私達は町をブラブラして過ごした。
歩き疲れてカフェに寄ったときのこと、
私が注文したコーヒーにキャラメルがオマケで付いてきた。
私はそれをハルコに「あげる」と勧めたのだが、
あっさり断られたため、意地になってしつこく押しつけた。

仕方なくそのキャラメルを食べたのがハルコの運の尽き、
彼女の奥歯のツメモノがポロリと取れてしまったのだ。
「ひよっとして私のせい?」と青くなる私に、
ハルコは「いいのいいの。
私が通ってる歯医者はツメモノが取れるので有名なのよ。
またコレを詰めてもらうから大丈夫」
と慣れた手つきで銀色の小さな固まりを
ティッシュにくるんでバッグにしまった。

2日目は珊瑚礁でできた島、グリーン島に渡った。
ヘリコプターで遊覧飛行する予定だったが、またまた雨。
「嵐のため遊覧は無理」と言われ、がっかりする。

夕方まで船の便もなく、
泳ぐことも出来ないグリーン島で時間をもて余すことに。

ここでハルコはサイフを無くしてしまった。
孤島で一文無しになってしまったことを気の毒がる私とは対照的に
「いいのいいの。今日は島で過ごすから小銭しか入れてなかったし、
サイフもボロボロだったから」
とあくまでめげないハルコだった。

3日目は、やっと快晴。私達は少しおしゃれをしてカジノに出掛けた。
私は見よう見まねでスロットやルーレットなどに挑戦してみたものの、
あっという間にスッカラカンになってしまった。

かたやハルコはというと、
彼女はルーレットで一同の注目の的となっていた。
予測は100パーセント的中し、
コインを山のように積み上げて
「もう止めたいんだけど、どうすればいいんだろー?」
と叫んでいる。換金してみると、元手の20倍程を稼いでいたのだ。

たっぷり資金を手に入れたハルコはケアンズ最後の夜を大満喫。
ポーズで遠慮して見せる私にも
「いいのいいの」と大盤振る舞いしてくれたのだった。

【華麗なる共演】

半年ぶりに訪ねたハルコの家には、見慣れぬ商品がまた増殖。
彼女の通販好きは健在だった。
ひときわ怪しいのが、和室に並べられた大小7つのフラフープ。

「まず最初に買ったのがこれ。何故か、お店の人が子供用を売ってくれてさぁ」
と、ハルコはフラフープとの出会いから語り始める。

**「勘違いしている店員に、
私が使いたいんだとは言い出せなくて…
仕方なく買ったんだ。
だから、あとのは全部通販よ」**

ハルコは早速、
その子供用の軽くて
小さなフラフープを腰に付け、
器用に回し始めた。
デザインやサイズが少しずつ違う
大人用のフラフープも、
次々と手にとって実演してくれる。
その姿が雑伎団でも
見ているようだったので、

ハルコの実演

私は**「うまいっ」**と拍手した。
ハルコは隠し芸大会でやって見せたら意外に大好評だったこと、
腰を振るのでウエストが細くなったこと、
練習のために和室の障子は全部取り外していることなど、
説明を加える。

最後にハルコが

「特にこれが最高！」と、
輪っかの内側にイボイボが付いたフラフープを私に差し出した。
そこで私も重い腰を上げてチャレンジしてみることに。
不格好なそれは、使ってみるとイボが適度にウエストを刺激し、
しかも初心者の私でも
長い間回し続けられる優れものであることが判明。
調子にのって残りも全部試した結果、イボ付きが最高と私も納得。

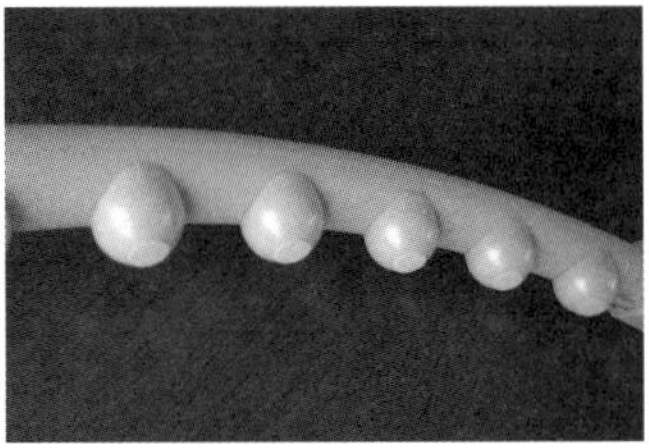
イボのアップ

どんどん盛り上がってきた私達は、
今度は所狭しと庭に出てフラフープを熱演。
おまけに記念撮影までしてもらい、
帰路につく頃には右手に
しっかり注文書を握っていた。私って感化され易いのね。

【真冬の卓球大会】

「こんな季節にそんなとこ行って何するん？」と
言われたが**「ぼぉーっとしに行くんよ」**と
真冬の小豆島へ出かけた。
メンバーは、リゾートホテルに社割りで泊まれるアキコを筆頭に、
会計係のハルコと運転手の私。

観光をする予定のない私達は海を渡るとホテルへ直行した。
車を正面玄関に着けるとホテルマンが飛び出してきた。
「アキコ様ですね」とカバンを持ってくれるのだが、
まだ名前は言っていない。何故判ったんだろう。
彼らは予言者か、それとも私達しか客がいないのか。

リゾートホテルの設備は充実していた。
凍り付いたプール、だあれもいない20面のテニスコート、
冷たい風がぴゅーぴゅー吹き抜けるパットゴルフ場。
それらが寒さをいっそう際立たせていた。

貸し切り状態のホテルは部屋が広くて快適だった。
私達は本を読んだり、お肌のお手入れを入念にしたり、
朝な夕なにお茶したり…、とそれぞれのんびり過ごしていたが、
さすがにそろそろ部屋の中に居るのも飽きてきた。

そこへアキコが鶴のひと声**「卓球がしたーい!」**
他のふたりも即、賛成した。

ホテルにはこれまた大きな卓球小屋があった。
本館から海に向かって石段を降りること10分。
海風をまともに受けながら冷たい鉄の手すりに助けられ、
3人の鼻と耳は瞬く間に真っ赤になった。
やっとの思いでたどり着いた卓球小屋は
すきま風がスースーする木造で床はコンクリート。
広々した空間に卓球台はちょこんと2台並んでいるだけだった。

とにかく身体を動かさないと寒くてたまらない。
私達は震えながら鼻をたらし、コートを着たまま卓球を始めた。
試合形式でふたりがプレイして残りが審判兼スコア係だ。

アキコにはルールがない。
ワンバウンドしてサーブしようが、ツーバウンドした球を打とうが、
慈悲深い審判のハルコは全部OKにした。
しかも全くの運動音痴でラケットの持ち方すら知らないアキコに対して、
ハルコは素振りから懇切丁寧に教えようとしている。

そして私はといえば、中学時代は卓球部所属。
しかもジャンケンに負けてキャプテンになり、
その後は部員が減って廃部になったという輝かしい経歴の持ち主だ。
私は自分が楽しければそれでいいので、やたらとスマッシュを打つ。
そのスマッシュが怖いのなんのって、
ほとんど卓球台には当たらず
対戦相手の足やお腹を直撃するから大変。

寒さに負けないようわざとフットワークも荒くゲームは続く。
おまけにビシビシ当たってくるスマッシュに、
そのうち口喧嘩まで始まり、
卓球小屋は何やら熱い雰囲気になってきた。
もう1回もう1回と気が付けば2時間も熱戦を繰り広げていたのだ。

ルール無用のアキコと、途中力尽きて試合を放棄したハルコ、
最初はガタガタだったけど最後にやっと調子が出てきた私。
3人とも平均的に勝って負けた。
額に汗をにじませて小屋を出た私達は
夕暮れの寒い道のりをテクテク歩いてホテルに戻る。
帰り道はすこぶる気分がよかった。

そして翌日。

私達は早朝からまた卓球小屋に向かっていた。

石段を降りながら、

ハルコはアキコに基本練習の大切さを説いている。

アキコはそんな話には耳を傾けず

「今度こそ勝ってやる」

と息巻いている。

そして私は今日も存分に

スマッシュを打ちまくるのだ!

【ハワイ2000】

ハルコとアキコと私の3人でハワイに行った。
「スヌーバー」という、スキューバダイビングより簡単で、
タンクを背負わず6メートルぐらい潜れるというものにチャレンジした。

早朝からハナウマベイに行く途中、
バスの中では誓約書なるものを書かされる。
内容はというと、スヌーバーは危険だけど
死んでも事故にあっても全部責任は自分にあるとか遺産はどうだとか、
初心者が不安になるものだった。

「確かパンフレットには6歳以上なら気軽に出来るって
書いてあったよねえ。日本語が通じるハワイのくせに、
こんな時だけ案内役が日本語喋れないってどういうことっ?!」と
アキコがぶつぶつ言い出したが、時すでに遅し。
これまた日本語を喋らないインストラクターが
私達3人の担当となった。

いよいよ海に入る時になって、
アキコは「駄目だわ。水がコワイー!」と絶叫し始めた。
私はふと、アキコがカナヅチだったことを思い出した。
そういえば去年の夏は、
恐くてプールに顔がつけられないから
洗面器に水を張って練習しているとか言ってたなぁ…。

ハルコがそんなアキコを
母のように勇気づけているのが印象的だった。

数分後、私はふたりにはお構いなしで
初めての海の世界を満喫していた。
そこは想像以上に居心地が良く、
海の中で暮らすのも
悪くないなと思ったぐらいだ。

しばらくすると、私の前にいたはずの
泳ぎの得意なハルコが、
意外やボートに上がっていくのが見えた。
気持ち悪くなってリタイアしたのだ。
私は急にアキコが心配になってきた。
ゆっくり後ろを振り返ってみると、
水中カメラで魚達を撮りまくっている彼女の姿が飛び込んできた。
おまけに私の肩を叩き、写真を撮ってくれとサインを出している。

30分後、陸にあがったアキコは楽しかったから
今度はもっと深く潜りたいと余裕の発言をしていた。
私はトイレで苦しそうに吐いているハルコの背中をさすりながら、
友達って20年つきあっていても
意外とわからないものだと感じていた。

【ちょっと回り道】

4泊6日でバリ島ツアーに参加した。
一緒に行ったアケミは京都出身で、
すらりとしたプロポーションに愛くるしいお顔立ち、
おまけに服装はド派手。
そこにいるだけで周りがパァッと明るくなるようなヒト。
つまり私と好対照。

そんな彼女に
「ケロちゃん、一緒にバリに行かはりませんかぁ」と
誘われた私は、断る理由も思い浮かばず、
バリに旅立つ日がやってきた。
何を隠そうアケミとはこれまで2回しか
顔を会わせたことがない。
（しかも挨拶しただけ）
不安で胸を膨らませつつ関空から9時間、
私達はデンパサールに到着した。

バリは確かに暑い。
日本と違うのは、いつもどこからともなく快適な風が吹いてくること。
その風の中にいることがとても心地よい。
そして、
すれ違うバリニーズは黒い肌に大きな目を輝かせ
「お元気ですか」と陽気に声をかけてくる。

が、私の隣にいるアケミの方がもっともっと陽気だった。
いきなり「ゲンコツ入れまーす」と言って
自分の握りコブシを口の中にすっぽり入れて見せてくれた時には、
どうリアクションすればいいのか戸惑ってしまった。

主婦には見えない彼女には夫がいて、
周囲の人からは「我慢と忍耐の男」と呼ばれている。
ふたりで歩いている姿はまるで
ワガママ芸能人と献身的なマネージャーのよう。
今回そのマネージャーが同行していない彼女は
「荷物が重〜い」
と言っても持ってくれるヒトがいない。
「喉が渇いた〜」
と言ってもジュースを買ってきてくれるヒトもいない。

少々不便ではあるが、
意外にも彼女は英語がペラペラで、
そこいらのヒト誰とでもうまくやっていた。
私はアケミのことを第一印象で
「お勉強は嫌い」な遊び人だと決めていたが、
よく話をしてみると、実はたいそうお勉強好きで
しかも実家は資産家、結婚前はモデルを少々…、
天は二物を与えるものなのだ。

バリ1日目、
アケミは少しくたびれていた。
その日はクタビーチでショッピングしたのだが、
アケミの買いっぷりは尋常ではなく、
お店をまるごと買ってしまうのではないかと心配した。
彼女は山のような買い物袋をひとりで運んだから、
重くてきっと疲れたのだろう。
ビーチで変なおばさん達に
オイルマッサージをしてもらったのも良くなかったと思う。
ホテルに帰り、ベッドに身体を投げ出して
「私がいないのをいいことに、
あのヒトきっと羽目外してるはずやわっ」と、
日本でリラックスしているだろう
マネージャーさんを思い出しながら呟いた。

2日目は、
朝からクルージングに出かけた。
アケミは早起きが苦手で、
朝食もとれずに出かけたせいか顔色が冴えなかった。
さらに運悪く、波が高くて船が揺れ、
船酔いした彼女はビニール袋に何度も吐いた。
砂浜に降り立った時にはすっかり憔悴していて、
サンオイルのことまで気もまわらず眠りこけたから、さぁ大変。
夕方には全身ヒリヒリやけど状態になっていた。
その夜、日焼けが痛くて横になることすらできなかったアケミは
さらに元気がなくなった。

3日目は、
いちばん楽しみにしていたキンタマーニ観光の日だった。
アケミは明け方からひどい下痢で床に伏せ、
ひとりホテルに残ることになる。
どんどん衰弱する彼女には気の毒だったが、
こうして最後の夜も終わった。

吹く風も爽やかなリゾート地バリから
梅雨真っ直中の日本に帰る飛行機の中、
私は少し憂鬱だった。

一方、隣のアケミはというと、
何故だか日本が近付くにつれ、みるみる元気を取り戻していた。
しかも含み笑いを浮かべ
「私が帰ったら、もうリラックス出来へんでっ」
とブツブツ言っている。
どうやら愛するマネージャーさんへの呼びかけのようだ。
きっと家に帰った途端に彼女は本来の陽気さを取り戻し
「背中が痛いねん。ローション塗ってくれへん?」
などと言っては夫に世話をやかせることだろう。

バリの紫色した夕日がどんなに綺麗でも、
南十字星がどんなにロマンチックでも…、
彼女にとっては一緒にいたいヒトの側だけが
天国だということなのね。

【不良主婦になりたくて】

多香子は18歳で結婚し、
翌年ひとりめの子供を出産。
今では小学5年と2年のふたコブ付いた31歳だ。
久しぶりに会った彼女は真っ赤なコートに白いジーンズ姿。
身長167センチのてっぺんに小ぶりな童顔をのせ、
シャギーのかかったロングヘアーは茶髪でおまけにカールもしていた。

彼女の最近の口癖は
「今まで遊びを知らずに生きてきた。これからはグレたい!」である。
そして、今夜のテーマは
「外で飲んでみたいっ」ということなので、
私達は倉敷のとあるお洒落なバーへ行った。

私の友人であるこの店のマスターは
今夜も灰色の長髪をピッチリと後ろにまとめ、
純白のシャツに蝶ネクタイ、
黒い前掛けというシックないでたちで
カウンターの向こう側に収まっている。
よく日焼けした顔はバリやモルディブでの
スキューバダイビング焼けで、
もっかの目標はナポレオンフィッシュと友達になることだそうだ。

私がマスターを紹介すると、ふたコブ女は

「マスターってばカッコイー。キムタクみたい。
恥ずかしくってお話できないわぁ」
と早速ネコをかぶりながらカウンターのど真ん中に座った。

そして、今夜のテーマ通り、マルガリータを皮切りに
カクテルやらウイスキーのロックやらをガンガン飲み始めた。
「私ね、お酒のこととか何にも知らないのぉ。
お酒の種類とか歴史とか、もっと勉強したいわぁ。
あっマスター、次はチェリーブロッサムね」

彼女はカウンターに座ってから
ひとりで気持ちよさそうに喋りっぱなしだ。
喋っていない時は飲んでいる。
いや、飲んで喋るだけでなく、よく食べた。
ピザもピラフも大きなチキンカツまでひとりでたいらげた。
シラフの私は只々呆れるばかり。
どうしてこんなに食べて飲んでもスリムでいられるんだろう。

「それでねえ、ダンスをしたら○○がぁ…」と
彼女の話は止めどなく続き飲み続ける、かと思われたが、
急に「帰る!」と言って立ち上がった。
出張中のだんなさんから電話がかかってくるから、
その前に家へ帰りたいと、いきなりケナゲなことを言い出したのだ。

夕香子の不良な一日
グレた～い!!
はいはい
ぶぃ～～ん
…
ぐ～っ
がつがつ
主婦って大変…
ゲぇぇぇ
うぇぇぇぇ
おえっ
じゃ～ね～
そして私も大変だったよ…。

お勘定を済ませ、マスターへの挨拶も早々に私達は店を出た。
車に飛び乗って1時間と15分。
私は彼女を無事に家まで送り届け、ひと安心した。
ところが彼女はすぐには家に入らず門の前でうずくまって、
さっき胃の中に入れたものをどんどん吐き始めた。
吐きに吐く。
これではいくら食べてもスリムなわけだ。

すっかり吐いて気分良好になった彼女が玄関のドアを開けると、
ふたりの子供が揃って迎えに出てきた。
「お父さんからもう電話かかってきた?」と聞くと、
ふたりは声を揃えて「まあだぁ!」と答える。
どうやらギリギリセーフのようだ。

こうして多香子と私の往復4時間
「グレてやるっ」の旅は終わった。
なんて慌ただしい夜だったろう。
主婦ってグレるのも大変なのね。

Dreams

カチッとタイマーが作動して、
ステレオからケニーGのソプラノサックスが部屋に流れる。
お気に入りの曲に包まれて私は徐々に覚醒していく。
ベッドの上で背伸びをひとつ。
ウォーターベッドの揺れがもう一度眠りに誘うのを振り切って
エイッと飛び起きると、
窓に駆け寄りカーテンを勢いよく開けた。

「イタッ」太陽が目に痛い。
窓を開け放したまま、
私は板張りのバルコニーを通り抜けて砂浜に降りた。
手入れされたビーチの白い砂を踏んで波打ち際まで歩く。
足に寄せてくる波が
まだ朝のひんやりとした心地よさを残している。

まさか夢が叶うなんて。
2DKのアパートで作家になることを夢見ながら
誰にも読まれない小説を書き続け、
はずみで応募した文学賞で新人賞をとってしまった。

それから3年間は夢のような日々だった。
いつも締め切りに追われてはいたけれど、
出す小説は全部ベストセラー。
山のようなブランド服、
バケツいっぱいの宝飾品、ベンツにポルシェ…、
あのアパートに住んでいた頃に
憧れていたものは全て手に入れた。
好きなものだけに囲まれて暮らせるなんて

「ああ、なんてシアワセ!」

部屋に戻って、熱いシャワーをあびる。
シャワールームを出ると、窓の外にモーターボートの音。
秘書の山田が買い物から帰ってきたようだ。
ボートを桟橋につないで、
小脇にイギリスパンを抱えた
山田が勝手口にたどり着く前に、
私は急いでまたベッドに潜り込み、
眠ったふりをした。

スゥッと目が覚める。1日中太陽なんて当たらない2DKのアパート。
…いけない、いけない。もう一度、眠らなくては。
この夢にはまだ続きがあるのだ。

「コンコンコンッ」ドアを軽く3回ノックして、
きっかり15分後に、山田は朝食のトレイを持って現れた。
ドキドキしながら寝たふりを続けている私に、
バリトンの声で「おはようございます」と声をかけ、
ベッドサイドのテーブルにアーリーモーニングティーを置く。
紅茶の香りに誘われるかのように、
私は今目覚めたばかりのまどろみを演じつつ、
山田が入れた紅茶をひとくち飲んだ。

ミルクたっぷりの紅茶で胃が目を覚ます。
それから目玉焼きを一気にたいらげた。さすが山田だ。
小ぶりのトマトはちゃんとボイルしてあった。
彼が来てから朝食はいつも英国式。
紅茶の飲み方も食事の順序も教えてもらった。
「先生、もう一杯、紅茶はいかがですか?」
私は答えない。

山田は返事など期待していないような素振りで紅茶を注ぐ。

「今度の作品もいよいよ大詰め。
ここ数日、先生は根を詰めすぎです。
今日は久しぶりにクルージングにでも出かけませんか?」
しかし、私は答えない。
「センセー?」「‥‥。」「センセーー!?」
また、目が覚めてしまった。
うっすらと生ゴミの臭いが漂う2DKのアパート。
…フッ、まだまだ私の夢は遠いな。
寝床を抜け出して、マジックを探す。
スーパーのチラシの裏に
「芥川賞」と大きく書いて、
壁に貼り付けた。

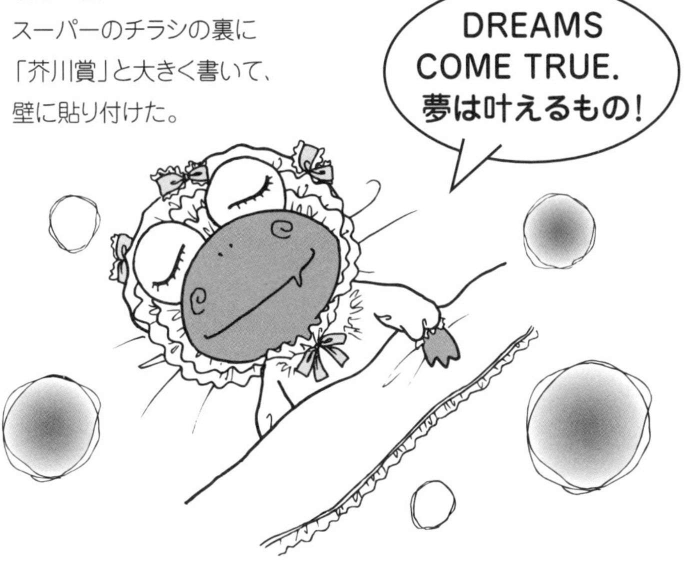

あとがき

楽譜もまともに読めないけれど、私は歌が好きだ。
数年前、ジャズシンガー奥村松子さんに出逢い、
縁あって歌を教えていただくことになった。
松子先生の歌声は素晴らしく、レッスンも楽しい。
何より彼女自身がとても素敵な人である。

私は仕事の一環で社内報を編集しているのだが、
松子先生がその中に掲載している私のエッセイを読んで
「おもしろいよ。もっと書いてみたら」と、
季刊誌「Talk Walk」を紹介してくださった。
お調子者の私はその言葉を真に受けて、
以来「Talk Walk」さんにも原稿を出している。

そのうち、書きあげたエッセイの数も増えてきた。
内容は20代から30代に起こったたわいもない出来事ばかり。
読み返してみると「日記」みたいで、
いっそ一冊にまとめて読みやすくしたいと友人に相談する。

幸運にも数少ない友人の中に
フリーライターの鈴木富美子さんと、
金澤里美さんという心強い味方がいた。
このお二人のお力添えがあり、この本の出版にこぎつけた。
デザイナーの小郷恵子さんと、
イラストを描いてくれた妹・ようこにも大変感謝している。

というわけで、
これは「一冊にしたほうが本人が読みやすい」という理由で出版した、
30代までの私とその日常を綴った本ではありますが、
何かのご縁でお手にとっていただいた方には
心からお礼を申し上げます。
読んでいる途中で「ぷぷっ」と少しでも笑っていただければ
筆者も本望です。

2004年7月26日

やましたゆうこ

●著者プロフィル

文:やましたゆうこ

岡山県生まれ。基本的に普通の会社員。たまに漁師料理「漁火」の看板娘。好きな四文字熟語は「大器晩成」。

イラスト:やましたようこ

ゆうこの妹。1976年生まれ。地元岡山の短大を卒業。現在は主婦とバイトにいそしんでいる。

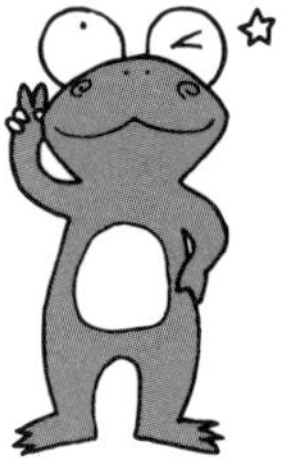

ポジティブ・ショート

どんなこともケロッと

2004年7月26日　第1刷発行
2005年12月2日　第2刷発行
●著　者　やましたゆうこ
●発行者　山川隆之
●発行所　吉備人出版
〒700-0823 岡山市丸の内2丁目11-22
電話 086-235-3456　ファックス 086-234-3210
振替 01250-9-14467
メール books@kibito.co.jp
ホームページ http://www.kibito.co.jp/
●印刷所　株式会社 三門印刷所
●製本所　有限会社 明昭製本

ISBN4-86069-070-2　C0095